FESTA DA TAQUARA

Fotos tiradas em junho de 2007

COORDENAÇÃO EDITORIAL Cláudia Ribeiro Mesquita e Graziela Ribeiro dos Santos
ASSISTÊNCIA EDITORIAL Vivian Pennafiel e Belisa Monteiro
REVISÃO Marcia Menin e Hugo Américo Pita Lisman

EDIÇÃO DE ARTE Leonardo Carvalho
PROJETO GRÁFICO Mayumi Okuyama
EDITORAÇÃO ELETRÔNICA Renata Millan
PRODUÇÃO INDUSTRIAL Alexander Maeda
IMPRESSÃO Bartira

Dados Internacionais de Catalogação na Publicação (CIP)
(Câmara Brasileira do Livro, SP, Brasil)

Lopes, Fabiana Ferreira
Festa da Taquara / Fabiana Ferreira Lopes ; texto e fotografias da autora.. -- São Paulo : Edições SM, 2012. -- (Coleção festas e danças)

ISBN 978-85-7675-903-4

1. Literatura infantojuvenil I. Título. II. Série.

12-05711 CDD-028.5

Índices para catálogo sistemático:
1. Literatura infantojuvenil 028.5
2. Literatura juvenil 028.5

1ª edição agosto de 2012
3ª impressão 2022

SM Educação
Avenida Paulista 1842 – 18º Andar, cj. 185, 186 e 187
– Cetenco Plaza
Bela Vista 01310-945 São Paulo SP Brasil
Tel. (11) 2111-7400
atendimento@grupo-sm.com
www.smeducacao.com.br

TIPOLOGIA Neutra text book
PAPEL *Couché* fosco 150 g/m²

FESTA DA TAQUARA

Fabiana Ferreira Lopes

sm

TARUMÃ É UM ÍNDIO KALAPALO.

ELE VIVE NA ALDEIA AHIA KALAPALO, NA TERRA INDÍGENA DO XINGU.

NA ALDEIA DELE HÁ MUITAS FESTAS.

UMA DELAS É A CELEBRAÇÃO DA TAQUARA,

INSTRUMENTO DE SOPRO PARECIDO COM A FLAUTA.

CAUATÁ É MEU MELHOR AMIGO. ELE ESTÁ ENVERGONHADO, POR ISSO SE ESCONDE ATRÁS DE MIM.

ESTAS SÃO AS TAQUARAS TOCADAS DURANTE A FESTA.

ELAS ESTÃO ORNAMENTADAS COM COCARES.

ANTIGAMENTE AS TAQUARAS ERAM DE BAMBU.

HOJE EM DIA SÃO FEITAS COM CANOS DE PLÁSTICO.

JARAMÁ É CASADO COM JAKULU, A FILHA MAIS VELHA DO CACIQUE.

ELES FORAM ESCOLHIDOS PELA ALDEIA PARA SER OS ANFITRIÕES DA FESTA DA TAQUARA.

JARAMÁ PASSOU UMA SEMANA ACAMPADO NA BEIRA DO RIO, ACOMPANHADO DE OUTROS HOMENS, PESCANDO PEIXES PARA ALIMENTAR OS CONVIDADOS.

ENQUANTO ISSO, JAKULU CONTOU COM A AJUDA DA MÃE, DAS IRMÃS E DAS TIAS PARA PREPARAR OS BEIJUS QUE SERÃO DISTRIBUÍDOS DURANTE A FESTA.

PINTEI MEU CORPO PARA RECEBER OS CONVIDADOS. A TINTA VERMELHA É FEITA COM URUCUM E A PRETA, COM JENIPAPO.

ESTA É A CASA DOS HOMENS.

ELA FICA NO CENTRO DA ALDEIA,

DIANTE DO CAMPO DE FUTEBOL.

A PORTA ESTÁ SEMPRE ABERTA,

MAS AS MULHERES NÃO PODEM ENTRAR.

APENAS OS HOMENS CONHECEM OS

SEGREDOS GUARDADOS NA CASA.

É NESTE LUGAR QUE ELES SE ORNAMENTAM PARA

AS FESTAS E SE PREPARAM PARA AS LUTAS.

DARIU É O MELHOR PINTOR DA ALDEIA AHIA KALAPALO.

TODOS QUEREM SER PINTADOS POR ELE,

PORQUE DARIU CONHECE TODOS OS

SÍMBOLOS DA PINTURA DE SEU POVO.

EU PINTEI O CORPO DO ANFITRIÃO DA FESTA, JARAMÁ, E DO SOGRO DELE, O CACIQUE TAFUKUMÃ.

DARIU PINTOU O CABELO DO CACIQUE TAFUKUMÃ DE

PRETO E O DE JARAMÁ DE VERMELHO E PRETO.

ELES ESTÃO ENFEITADOS COM PENAS DE ARARA E DE GAVIÃO.

USAM FIOS DE ALGODÃO E PALHA DE BURITI

PARA PRENDER OS BRACELETES.

OS DOIS TÊM COLARES DE CONCHA DE CARAMUJO.

A PINTURA CORPORAL DO ANFITRIÃO DA FESTA E A DO

CACIQUE SÃO AS MAIS BONITAS DA ALDEIA, PORQUE

SÃO ELES QUE RECEBEM OS CONVIDADOS.

AS CRIANÇAS TAMBÉM ENFEITAM O CORPO COM ORNAMENTOS

CONFECCIONADOS POR ELAS OU PELOS ADULTOS.

OS MENINOS USAM FIOS DE ALGODÃO COLORIDOS,

PALHA DE BURITI E MIÇANGAS.

ELES JÁ PODEM UTILIZAR ARCO E FLECHA,

MAS AINDA NÃO TOCAM A TAQUARA.

AS MENINAS USAM VESTIDOS DE CORES ENCONTRADAS
NA NATUREZA: AZUL DO CÉU, VERDE DA FLORESTA
E VERMELHO DO URUCUM E DA PENA DA ARARA.
GOSTAM DE PULSEIRA DE MIÇANGAS E
COLAR DE CONCHAS DE CARAMUJO.
ELAS TÊM CABELO COMPRIDO, IGUAL AO
DAS MÃES, DAS TIAS E DAS AVÓS DELAS.

EU MESMA FIZ MINHA PULSEIRA
DE MIÇANGAS, E MINHA
MÃE PINTOU MEU ROSTO
COM TINTA DE JENIPAPO.

NA FESTA DA TAQUARA É SERVIDO PEIXE A TODOS OS MORADORES DA ALDEIA E AOS CONVIDADOS TAMBÉM. MULHERES E CRIANÇAS SÃO CHAMADAS PARA AJUDAR NA PESCARIA. POR ISSO, NO DIA ANTERIOR À FESTA, TAFUKUMÃ CONSTRUIU UMA PEQUENA REPRESA E EMBEBEDOU OS PEIXES COM UM CIPÓ CHAMADO TIMBÓ, QUE FACILITA A CAPTURA.

**NA PESCA COM TIMBÓ,
EU USO ARCO E FLECHA,
IGUAL AO MEU PAI.**

OS GUERREIROS DA ALDEIA AJUDAM O ANFITRIÃO
E O CACIQUE A RECEPCIONAR OS CONVIDADOS
DAS ALDEIAS VIZINHAS YAWALAPITI E KUIKURO.
À FRENTE DO GRUPO, TOCANDO SUA TAQUARA,
SEGUE O MAIOR GUERREIRO KALAPALO:
DIDA, O FILHO DO CACIQUE TAFUKUMÃ.

DURANTE A FESTA, OS KALAPALO E SEUS CONVIDADOS PRATICAM O IKINDENE, UMA LUTA MARCIAL.

AS MÃES KALAPALO ENCHEM AS PANELAS COM MINGAU DE MANDIOCA, QUE LEVAM PARA O CENTRO DA ALDEIA.

ELAS TORCEM POR SEUS FILHOS E CELEBRAM A FESTA DA TAQUARA.

A FESTA TERMINA NO PÔR DO SOL,

QUANDO O ANFITRIÃO QUEIMA AS TAQUARAS.

A ALDEIA SE DESPEDE DA FESTA E DOS CONVIDADOS,

QUE VOLTAM PARA CASA.

ESTOU CHORANDO,
PORQUE A CELEBRAÇÃO ACABOU.
MAS SEI QUE NO PRÓXIMO
ANO TEREMOS OUTRA
FESTA DA TAQUARA.

DEPOIS DE UM CREPÚSCULO TÃO AVERMELHADO

QUANTO AS PENAS DA ARARA

E A TINTA DO URUCUM,

A NOITE CHEGA COM AS CHAMAS

DA FOGUEIRA DE TAQUARAS.

É O FIM DA FESTA.

Bacia do rio Xingu, nas proximidades do rio Kuluene, onde fica a aldeia Kalapalo. O rio Xingu nasce no nordeste do Mato Grosso, atravessa o Pará e desemboca no rio Amazonas. Tem 2,3 mil quilômetros de extensão e é a base e o sustento da cultura indígena.

Por dentro da cultura KALAPALO

PARÁ
Bacia hidrográfica do rio Xingu
MATO GROSSO
TOCANTINS
GOIÁS
TERRA INDÍGENA DO XINGU
ALTO XINGU
N
O
L
S
0
80
160 km
1 cm – 80 km
Allmaps / ID/BR

TERRA INDÍGENA DO XINGU

A Terra Indígena do Xingu (TIX) fica no norte de Mato Grosso. Foi a primeira terra indígena decretada oficialmente pelo Estado brasileiro, em 1961, durante o mandato do presidente Jânio Quadros (1917-1992).

O projeto da reserva do Xingu foi criado pelos irmãos Villas Boas – Orlando (1914-2002), Cláudio (1916-1998) e Leonardo (1918-1961) –, que também foram os responsáveis pelo contato com os indígenas e acompanhamento das aldeias durante algumas décadas.

A TIX ocupa 2.642.003 hectares, em uma área de transição ecológica – do Cerrado à Floresta Amazônica –, abrangendo os municípios de Gaúcha do Norte, Canarana, Querência, Paranatinga, Nova Ubiratã, Feliz Natal, São Félix do Araguaia, Marcelândia e São Félix do Xingu.

A região é cortada pelos principais afluentes do rio Xingu, que, contudo, nascem fora da TIX, tornando-se assim um dos maiores desafios para a conservação da biodiversidade da reserva. O avanço da fronteira agrícola e a ocupação irregular do solo nos limites com a TIX têm causado problemas sérios à população indígena, como a falta de peixes.

Nessa área vivem pouco mais de 6 mil indivíduos de 16 etnias. Como algumas delas falam uma língua muito diferente da de outras, assim como têm organização social, cultura, hábitos e costumes variados, as etnias estão divididas em três regiões, de acordo com as semelhanças culturais e a localização geográfica: Alto Xingu, abrangendo as sociedades indígenas do sul do estado; Médio Xingu; e Baixo Xingu, compreendendo os grupos situados no norte do estado, na fronteira com o Pará.

MARCOS BERGAMASCO, 2006.

Vista aérea da aldeia Ahia Kalapalo. As casas são construídas lado a lado, formando um círculo. Ao centro, na praça pública Kalapalo, encontra-se o campo de futebol e a casa dos homens, onde são guardadas as flautas sagradas. As trilhas levam ao rio, à lagoa e às roças.

ALDEIA AHIA KALAPALO

A aldeia está localizada na região do Alto Xingu. É vizinha das aldeias dos Aweti, Waurá, Kamaiurá, Yawalapiti, Nafukuá, Mehinako, Kuikuro e Matipu. Essas comunidades compartilham um complexo sistema de trocas e de parentesco.

Historicamente a sociedade Kalapalo foi formada pelas etnias Aruak e Tupi, que, em determinado momento, se agruparam e passaram a utilizar a língua Karib.

Atualmente, há cerca de 450 Kalapalo habitando as duas aldeias principais, Ahia e Tanguro, um povoamento menor no posto de vigilância indígena nas margens do rio Kuluene, e alguns núcleos familiares vivendo isoladamente.

A aldeia Ahia Kalapalo é formada por casas, escola, área de lazer, casa dos homens, rios, lagoas, roças e posto de saúde.

Entre os Kalapalo existem artesãos muito habilidosos, que confeccionam colares com conchas de caramujo. Esse objeto simbólico representa prestígio social e é usado em todas as cerimônias não só por eles, mas pelos demais indivíduos falantes da língua Karib. Hoje, a matéria-prima para a confecção dos colares reduziu-se muito na região onde estão os Kalapalo. Por isso, transformou-se em importante mercadoria de troca entre eles e as outras etnias do Alto Xingu.

A divisão do trabalho é social. As mulheres são responsáveis pelo cuidado da casa, da família e dos alimentos. No dia a dia, os homens caçam, pescam e praticam o comércio entre as aldeias e fora da TIX. As crianças brincam e vão à escola. Os jovens aprendem as tradições necessárias para a organização de uma sociedade coletiva.

FESTA DA TAQUARA

A Festa da Taquara é uma celebração da alegria entre as aldeias do Alto Xingu.

Taquara é um tipo de bambu encontrado na região do Cerrado. Tradicionalmente, os indígenas alto-xinguanos usam as taquaras para confeccionar instrumentos musicais de sopro, de som grave, muito semelhantes ao *didgeridoon* australiano. Hoje, no entanto, têm preferido utilizar canos de plástico (do tipo PVC) em sua fabricação, por conta da sonoridade desse material.

A Festa da Taquara ocorre no período de estiagem, entre os meses de maio e outubro, época em que os indivíduos se deslocam de suas aldeias para participar de rituais nas aldeias vizinhas e visitar os parentes.

A aldeia escolhe um casal anfitrião para a festa, que deve fornecer alimento para os membros do aldeamento e os convidados. O anfitrião passa vários dias acampado nas margens do rio, moqueando (secando) os peixes para conservá-los, enquanto sua esposa prepara beijus e mingau de mandioca.

A aldeia permanece em comemoração por aproximadamente um mês. Nas semanas que antecedem a festa, formam-se grupos de cinco homens e no máximo dez mulheres, todos ornamentados, que circulam na aldeia, indo de casa em casa, tocando a taquara e executando alguns passos. Os festeiros entram nas moradias para descansar, se refrescar tomando mingau de pequi e se alimentar comendo mingau de mandioca.

No dia da festa, a aldeia anfitriã e as convidadas praticam o Ikindene, luta marcial característica do Alto Xingu. A festa é finalizada com a queima das taquaras.

SUGESTÕES PARA O PROFESSOR

LIVROS

BASSO, Ellen. O que podemos aprender do discurso Kalapalo sobre a "história Kalapalo"? In: FRANCHETTO, Bruna; HECKENBERGER, Michael (Org.). *Os povos do Alto Xingu:* história e cultura. Rio de Janeiro: UFRJ, 2001, p. 293-307.

FERNANDES, Florestan. Notas sobre a educação na sociedade Tupinambá. In: FERNANDES, F. *A investigação etnológica no Brasil e outros ensaios.* Petrópolis: Vozes, 1975, p. 33-83.

HERRERO, Marina, FERNANDES, Ulysses; FRANCO NETO, João Veridiano. *Jogos e brincadeiras do povo Kalapalo.* São Paulo: Sesc, 2006.

RICARDO, Carlos Alberto (Ed.). *Povos indígenas no Brasil, 1996-2000.* São Paulo: Instituto Socioambiental, 2000.

FILMES

O último Kuarup branco.
Direção de Bhig Villas Boas. Brasil, 2007, 72 min., documentário.

Xingu: a terra ameaçada.
Direção de Washington Novaes. Brasil, 1985-2007, 160 min., documentário.

Nguné Elü: o dia em que a Lua menstruou.
Direção de Maricá Kuikuro e Takumã Kuikuro. Brasil, 2004, 28 min., ficção.

SITES (acesso em 16 de novembro 2010)

FUNDAÇÃO NACIONAL DO ÍNDIO (Funai). www.funai.gov.br
INSTITUTO SOCIOAMBIENTAL (ISA). www.socioambiental.org
VÍDEO NAS ALDEIAS. www.videonasaldeias.org.br

FABIANA FERREIRA LOPES NASCEU EM 1977, EM SÃO PAULO, ONDE CURSOU HISTÓRIA E CINEMA, AMBAS FACULDADES NA UNIVERSIDADE DE SÃO PAULO (USP). ATUOU EM MOVIMENTOS SOCIAIS CAMPESINOS NO BRASIL E NA ARGENTINA E MOROU NO ALTO XINGU, BRASIL, NA ALDEIA AHIA KALAPALO – VIVÊNCIA DOCUMENTADA NESTE LIVRO. TAMBÉM TRABALHOU COMO EDUCADORA SOCIAL E PESQUISADORA ACADÊMICA. HOJE, ALÉM DE AUTORA DE LIVROS INFORMATIVOS, É ROTEIRISTA DE FILMES E DE OBJETOS EDUCATIVOS DIGITAIS, ASSIM COMO EDITORA DE LIVROS DIDÁTICOS E DE CIÊNCIAS HUMANAS.